내 마음
풀어 놓을
곳에

안효근

뱅크북

작가의 말

　누구나 공감할 수 있는 편안한 시를 쓰면 나 자신도 마음의 힐링이 되지요.

　너무 화려하지도 너무 고급스럽게 치장도 않은 그냥 가벼운 일상의 소소한 이야기들 그것은 우리들의 삶입니다. 자연과 함께 하면서 정서를 듬뿍 담은 서정적인 풍경들 마음의 평온함을 얻을 수 있습니다.

　산을 찾아 내 삶의 행복을 느끼는 감성을 글로 담아 보았습니다. 비록 험난한 선택의 길을 갈지라도 산은 제게 큰 선물을 주지요. 건강과 희망 자연을 사랑하는 산사람으로 행복해지는 제 삶에 일부입니다.

목차

제1부

제 2 부

제 3 부

제 4 부

제1부
고독한 겨울

a lonely winter

길

정처 없이 떠나는 이내 발걸음

생의 끝을 향해
난 하염없이 걸어가고 있네

어디로
가는 걸까?

그 길의 끝
나의 모습은 앙상한 나뭇가지구나

바람이 뒤흔든다
힘없이 떨어진다

햇살에
반짝이는 빙판길 사이로

내 마음은
겨울바람에 스치듯 홀연히 흩날리네

바람 따라
떠나는 인생길

고목나무에서
떨어지는 낙엽도 벗이 되어

난 오늘도 행복하구나.

행복을 여는 열쇠

행복은 어디인가?
인생은 무엇인가?

멀리도 가까이도 내 마음 모르겠네

행복을
푸는 열쇠는
마음이 아닐는지.

난 오늘도 사막을 걷는다

뜨겁고
거칠은 모래언덕
사막을 걸어
지금 내가 넘어가는
생의 고갯길에
모래 폭풍이 불어온다

외로운 내 발자국만이
바람에 떠밀려
쓸쓸히 사라진다

사막의 한가운데 서 있는
내 마음과 몸
지워진 꿈을 찾아
시원한
오아시스를 그리는 것은
누구나
같은 느낌일까?

목마르고
힘겨운 삶일지라도
뜨겁고
거칠은 폭풍이 와도
언제나
한결같은 마음

오늘도
난 사막을 걷는다
내일의 나
꿈꾸는 새벽이 올 때까지.

고독한 겨울

기나긴
겨울밤
차디찬
삭풍은

굴뚝의
흰 머릿결을 흔들어
어디로 데려가는 걸까?

시나브로 일상 어둠이 밀려들면
내 시린 어깨 위로 그리움이 밀려든다

따끈한 군불
아궁이에 군감자
참나무 불향이 그리운 그 시절

이따금 생각나는 그런…

눈 쌓인 비탈진 감자밭
비료푸대에 지푸라기를 담은 썰매
눈보라 헤치며 달리는 동심

볼은 벌겋고
손은 꽁꽁 얼어도 재미난 이야기들

오늘은
그런 꿈을 꾸어본다

고독한 겨울을 견뎌야 하기에.

영원한 친구

산 넘어
뜨겁게 타오르는 돋을 볕이

하루의
시작을 알리는 이른 아침

친구들 한데 모여
서로의 살아가는 달보드레한 이야기들

개구쟁이 시절부터
너나들이 친구들은

오늘은
어떤 이야기꽃 피울까?

언제나
온새미로 우정으로

곱게
익어가자 친구들아!

인생은 거품인가

인생은 악바리처럼
콘크리트 틈에 매달린 담쟁이인가?

욕심은 끝이 없는
탐욕의 결실인가?

비워도 비워지지 않는
내면의 모습

어쩌면 그게 내 모습일 거야.

구름같은 인생

집도 절도 없는 인생
산이 다 내 집이요!

차도 덜덜대니
구름이 내 벤츠다.

정상에 올라
구름 타니

마음은 이미
부자가 되었구나!

낙엽에 돛을 달고

창가에 고요히 내리는 가을비
바람결에 흩어진 생의 흔적들

낙엽 위에 마음의 돛을 달아
떠내려가는 윤슬처럼

길섶에 피어난 소박한 야생화도
갈바람에 떠밀리니

내 목에 걸린 멍에를 벗고
허우룩한 모습을 추스른다

삶이 버겁다 할지라도.

인생은

잠시 머물러
쉬어가고 싶은 몸과 마음

어렵고
힘든 일도 때론 많지만

비우고 보니
또 채워지네

고통과 행복, 슬픔도
세상을 살아가는 내 인생인 것을!

정상에 올라

어느새 晩秋의 풍경을 바라보며
지나온 세월들의 후회와 새로운 결심
온 산의 滿山紅葉이 마음속에 담기네.

이별

슬픔이 한 방울
눈물처럼 젖어드는 순간

이별을 준비하는 건

가을이 남기고 가는
그리운 그 모습뿐

별처럼 빛나던
그들의 모습도 내 마음속에서

서서히 멀어져 간다

나는 나
너는 너 이런 세상

편을 가르며 싸우는
어지러운 저 함성들을 보아라

혼자의 시간을 찾아 떠나

아무 기억조차 없이
남은 생 바보가 되어 살다

조용히 떠나고 싶다.

그리운 날엔

하늘엔 조각구름 유유히 떠다니고
계곡의 맑은 물은 언제나 변함없네
길 떠나 그리운 날엔 고향의 품 안으로.

가을 꽃

바람에 산들산들 가을꽃 무르익고
연분홍 코스모스 춤추듯 파도치네
선선한 가을바람에 마음은 두리둥실.

겨울비

엄동설한에 때아닌
비가 내린다

나는 새하얀
눈꽃을 기대했었나 보다

잔뜩 찌뿌린 하늘
시커먼 구름 사이로

내 마음에도
비가 내린다

하얀 세상을 보고 싶다

맑고 순수하게 빛나는 눈꽃
잿빛 하늘을 바라보며 기도한다

내 삶에도 쓸쓸한 비가 아닌
하얀 세상이 오라고.

눈 위에 쓰는 시

그토록 기다리던
함박눈 오시는 날

살짝궁 설레임에
눈 위에 시를 쓰며

첫사랑
찻잔에 담고
추억을 먹고 있죠.

상할아버지와 돌배나무

새벽녘 송이 작대기 하나 들고 집을 나선다.
뒷동산에 올라 깊은 산중 해발 850미터 갈림길에
돌배나무 한그루
자연림이 우거져도 긴 세월 살아남았다.
옛날 증조할아버지의 혼이 담겨 있는 돌배나무
150년 세월 묵묵히 지킨 자리 우측으로는 자월 능선
좌측으로 쇄골 골이 깊어 호랑이가 출몰하던 곳이었다.
길을 잃었을 때 돌배나무를 찾아
한 시간 남짓 곧장 등을 타고 내려오면 집이 나온다.
아마도 증조할아버지의 지혜를 엿볼 수 있는
현 위치를 알기 위해 심은 것 같다.
저 멀리 동쪽으로 설악의 능선 가리봉이
장엄하게 펼쳐지고
서쪽으론 홍천을 병풍처럼 두른 가리산이 보인다.
얼마 전 아버님께서 훤하게 감벌을 해줘
돌배나무를 보살핀다.
가을이면 송이꾼들의 길목
잠시 땀을 식혀가는 휴식처이다.
그곳은 산중의 갈림길 교차로이다.

안개 자욱한 아침 시원한 갈바람에
돌배나무도 파르르 상지를 떨며 잎새를 떨군다.
가을이 오는구나 누렇게 물들인 잎새도
적막하고도 고요한 정적만이 흐르는 깊은 산중
이름 모를 새들의 지저귐도
달콤하게 익어 떨어진 볼품없는 산돌배 운명
말벌들과 땡비들의 한 끼 식사 거리로 내어주는구나.
한 개 주워 소매에 쓱쓱 닦아 한 입 물면
달콤한 전율 산행의 목마름이 싹 가신다.
산은 경의롭고 신비로운 자연의 보고이다.
난 산을 좋아한다.
아마도 조상님의 삶의 터전이었던 곳이라
그 뿌리를 닮은 듯하다.
도심의 편리한 생활을 마다하고
산으로 향하는 마음은 어찌 그 누구도 모를 것이다.
자연을 품으며 살아가는 삶
행복한 자연의 내 모습을….

산의 노래

새는 운다
그리움인지

노래인지
슬픔인지도 모를 울음소리

힘차게 들려온다

바람에 실려온
뻐꾸기 울음소리도

내 허전한
빈 마음에 메아리친다

겹겹이 둘러싸인
병풍의 산등성이 따라

귀 기울여 살며시 다가서는
발걸음에 놀라지는 않을까

산의 노래는
변함이 없다

그리운
고향산천 능선은 그대로인데

무거워지는 내 발걸음
세월의 무게만큼 숨소리는 가쁘다

저 멀리 내려다보이는

고향집 지붕 위로
아침 햇살이 참 따사롭게 비추인다.

산길

내게 쉼을
허락하는 유일한 길

산비탈을 돌고 돌아
맑은 공기의 숨결을 느끼고

마음의 안식을 충전 한다

숲속엔
산까치들이 안내를 하고

계곡의 청량감은
내 행복의 지상낙원

칡덩굴은
나의 놀이가 되어

오늘도 그네를 탄다.

가을에 실려 온 편지

한 장의 단풍잎에
가을의 정취를 써 내려간다

덥다 한지 얼마 전인데
벌써 새벽 찬 바람에 몸이 파르르 움츠려 든다

긴 소매의 행인들
새벽을 여는 농부의 가을걷이

모두들 바쁜 시간
계절은 빠르게 돌고 돌아왔다

들녘은 황금물결 춤추고
산야의 나무도 곱게 물든 자태 뽐내네

밤톨과 도토리가 지천에 널려
다람쥐도 행복한 만찬을 즐긴다

맛있게 익어가는 가을아! 멋과 아름다움을
느낄 수 있는 넌 짧지만 매혹적인 자연의 힘

파란 하늘에
잠자리도 평화로운 비행을

가을은 그렇게 무르익어 갑니다.

고향은 지금

동이 채 뜨기도 전에
처마끝 백열등이 아침을 밝혀줍니다

보물을 찾아 새벽을 여는 사람들과
부모님의 모습이 선합니다

9월의 고향 풍경은
농사일도 잠시 미루어 둔 채

송이 따는 작대기를 하나씩 들고
산으로 향합니다

귀한 몸값 자랑하는
송이버섯을 따러 갑니다

고향은 지금 송이 향이 가득한
자연의 선물을 받고 있습니다

고향은 늘 내게 묻습니다
언제 돌아오냐고

귀향의 날은 곧 옵니다
부모님이 살고 계시는

나의 살던
고향이기 때문입니다

때가 되면
꼭 돌아갈 곳이 있어 행복합니다.

그리운 일곱 살의 기억

가을아 어디쯤 오고 있니
늘 설레이는 마음으로 맞이하는 추석 명절
어린 유년시절 산골의 추억이 담긴
작은 나만의 섬 두메산골
뒤뜰을 지나 오솔길 따라 걷다 보면
사과나무 한그루 발그레하게 수줍은 듯 익어가고
밤나무 아래 토실토실 알밤이
아무렇게나 뒹구는 산촌의 추석맞이
세수나 하고 오너라
할아버지의 말씀에 개울가로 향했습니다.
쌀쌀한 개울가
차례 지내려 아침 일찍 세수하러 왔다가
난 그만 고양이가 되었습니다.
너무나도 차가운 계곡의 물이 흐릅니다.
단조롭고 평화로운 곳에 살던 산골소년은
이젠 중년이 되었습니다.
너무나도 그립습니다.
할아버님 손잡고 거닐던 동네 어귀
지금은 변해 버린 세월의 흔적들 밤나무도
죽은 고목이 되어 없어지고
사과나무도 보이지 않은 고향의 옛 집터
덩그러니 잡초만 무성하고
아름드리나무가 자라고 있습니다.

1904년생 할아버님과의 추억은
내 나이 일곱 살 되던 해
멈춰 버렸습니다.
봉당에 앉아 곰방대를 태우시는 모습이 선합니다.
아직도 앞 개울가는 변함없이 흘러갑니다.
개구리가 팔짝 뛰고,
버들치가 헤엄치며,
미역감던 어린 시절
아직도 생생하게 떠오르는 순간들
멈춰 선 기억 저편 한 그루의 사과나무
나무에 올라 팔을 뻗어
사과 한 알과 추락해 무릎이 뻗정다리가 되어
삼십 리 길 엄마 등에 업혀 병원 가던 생각
할아버지의 사과나무는 없지만,
아버지의 사과나무가 있습니다.
나 또한 한 그루의 사과나무를 심겠습니다.
그렇게 산골의 밤은 깊어만 갑니다.
몸과 마음이 지칠 때
언제나 힘이 되어준 고향의 품 안으로
일곱 살의 추억을 회상해 봅니다.

제2부
가을의 길목에서

on the road of autumn

산을 품고서

푸르른
이 청춘아

흘러가는
저 세월아

끝없이
흐르는 물

내 사연
풀어놓고

산천의
흙이 되어서

언젠가
돌아가리.

달에서 온 추석

휘영청 밝은 달이 밤하늘 떠오르면
고향집 툇마루를 환하게 비추겠지
언제나 그리운 풍경 보고 싶은 어머니

설레는 마음으로 동네 어귀 다다르니
언제나 포근하고 마음이 평온하네
보름달 사이로 비친 고향의 품 안으로.

사랑은 15

깊어만 가는 들판
풀벌레 소리는 가을을 노래한다

그녀와 걷던 오솔길
기타를 치며 사랑 연가를 부르던 그녀

지금은
잘 살고 있는지

이맘때가 생각난다
그녀의 집 앞

골목길 돌아
느티나무 아래 사랑을 약속하던

사랑은
그렇게 내게로 다가왔다

마음 만 흔들어 놓고
낙엽 따라 저 멀리 떠나가 버렸다

사랑은
그렇게 움직이는 거야

또 다른
사랑을 위해

몇 십 년이 지나도
뇌리 속에 그녀의 미소가 떠오른다

첫사랑은
평생토록 잊지 못할 추억인가 봅니다.

가을에 만나요

여름이 지나버린 한적한 바닷가
쓸쓸한 갈바람이 옷깃을 여미누나
하늘은 청명하고 바다도 고요한데

파도를 타고 바람을 타고 고독을 달래려
저 멀리 날아오르고픈 외로운 나그네 여정
우리 모두 가을을 만나 사랑을 시작해 볼까요.

사랑은 14

비가 내린다
가을을 촉촉하게 적신다

가을의 향기는
내 마음도 젖어들게 하고

잔잔한
음악처럼 들려오는

처마 끝의 낙숫물 소리

낭만적인
사랑을 노래하네

사랑은
가을비 내리던 날에

살며시
내게로 다가와

마음속에 스며든다.

첫차

새벽 5시
어둠이 채 가시지 않은 플랫폼

전동차에 몸을 싣고
새벽을 연다

누구의 아버지 어머니일까?
누구의 아빠 엄마일까?

열차 안엔 침묵이 흐른다
잠이 덜 깬 듯 꾸벅꾸벅 졸며

고단한 육신을 이끌고
일터로 향한다

먹고살기 위해서
가족을 위해서

나 자신을
희생하는 우리들의 삶이다.

사랑은 13

사랑은

소유하고 싶은
독점하고 싶은

강한 감정의 마음
집착의 끝은

인간 세상의
가장 원초적인 이유

그것은 사랑이래.

내 마음 풀어 놓을 곳에

가을바람에

가을의 문을 열고
귀뚜라미 울음소리가 들린다

선선한 바람을 타고
자장가를 불러주는

가을의 노래가
풍경처럼 펼쳐진다

스르르
스쳐가는 그리움

가을이 왔음을 알리는
내 몸의 신호인가

가을은
내 마음의 안식

어디론가 떠나보자
허전한 이내 맘 채워보려 하기에.

널 위한 기도

아프다
목이 메여온다

그토록
간절히 기도했건만

우리들 곁에서
멀어져 간다

어디쯤
가고 있니 친구야

불러도 대답이 없네

아픔도
상처도
슬픔도 모두 다 잊고

좋은 곳에서

행복하게
편히 쉬라고

이젠
널 보내줘야겠다

훨훨 날아
높고도 먼 푸른 하늘로…

허무(虛無)

인생은
하늘에 떠도는

한 점
구름과 같구나

잠시 머물러 가는
힘겨운 삶에 흔적들

쓸쓸함에 떠나는 길
외롭다 말하지 마

우린 언제나

너와 함께였다는 걸
영원히 기억할게.

사랑은 12

사랑은 운명처럼
이렇게 다가왔고

인생은
영원처럼

오직
그대라는 걸

이젠 알겠네

가을이 오면
그 사랑

더욱 그리워져

추억은 내 마음속
빛바랜 사진처럼

가을이 남기고 가는
예쁜 사랑아.

가을의 길목에서

한 계절을 떠나보내려 합니다.
세월이란 참 빠르면서도 긴 여정 같습니다.
반복된 생활 속에 그렇게 또 하루가 흘러갑니다.
뜨거웠던 삼복더위를 뒤로한 채 처서라는 절기는
어느새 시원한 바람을 몰고 내려옵니다.
목이 타들어 가던 여름을 보내면서
자연의 소중함을 느끼게 해주는 지구의 몸살 이상 고온
인간이 만든 덫에 걸려 지구는 시름시름 앓고 있습니다.
그러나 자연은 위대한 정화 능력으로 깨끗한 공기와
맑은 물을 인간에게 내어 줍니다.
자연을 아끼며 사랑하며 살아야 하는 이유입니다.
오염 없는 깨끗한 환경과 아름다운 자연
가을을 만나러 떠나봅시다.
가을이라는 풍요와 결실
온통 붉게 물든 산야 누렇게 익어 가는 벼 이삭도
뒷동산의 아람 번 밤나무도 알밤을 내어주고
농부의 주름진 이마에 흐르는 땀은 한 해의 결실입니다.
가을은 행복합니다.
행복을 두 눈에 담습니다.
풍요롭고도 아름다운 햇살 가득한
숲을 거닐며 오색찬란한 풍경이 기다려지는 계절입니다.
여름의 끝자락 계곡의 물놀이를 아쉬워하며….

바람이 불면

하늘은 청명하고 구름도 쉬어가네
곡식도 무르익는 들판은 춤을 추고
선선한 가을바람이 내 마음도 흔드네.

감기

온 몸이 뜨거워져
얼굴은 붉으스레

이 밤을 함께 지샌
그대는 감기라네

너 와 난
뜨거운 밤을
온몸으로 품었다.

우리는 친구라 하네

어릴 적 그 모습 반가운 얼굴들
중년의 모습은 아직도 장난의 유희로 즐겁고

짓궂은 농담과 웃음에
통밤을 지새우며 술잔을 기울인다

만남은 늘 아쉬움을 남기지만
서로의 안부를 물어주니 늘 가까운 친구들

곱게 익어가는 머리가엔
어느새 서리가 살짝 내려앉은 세월에 흔적

우리의 우정은 영원한 친구라네.

외출

홍대 1번 출구
커피 한 잔의 여유로

젊음을 마신다

오가는 사람들
표정과 미소는

생동감 있는 각각의 개성

젊음의 거리
활기찬 모습에

그 시절로 돌아간 상상을 한다.

사랑은 11

그리운
그대 봉선화 여인

손톱 끝에 명주실 묶어
하룻밤 지새우니

너의 손가락 마디마디
사랑이 물들었네

지워지지 않는 너의 생각
그땐 그랬어

사랑은
아름답게 물들어 가는 거라고.

사랑은 10

지나고 보니 사랑 떠나고 나니 사랑
그 사랑 아프고 힘들어서 그냥 울었어
세월이 흘러 상처가 아문다 해도
오늘 밤 못 잊어 그리운 그대여

또다시 꿈속에 그대 그리워해도 되나요
시간을 되돌려 우리 사랑할까요
허락된 당신 맘 설레임 가득히
사랑은 그렇게 행복한 거라고.

옥수수가 익어가는 여름밤

비탈진 화전 밭 쟁기질 소리 이랴이랴 워워,
할아버지 소 다루는 소리로
적막한 산속에 울려 퍼지고
소목에 달아준 방울 소리도 딸랑딸랑 메아리친다.
쇠파리를 쫓아 이리저리 고개를 흔들고
꼬리는 채찍을 휘두르듯 연신 흔들어 댄다.
봄이 오면 바쁜 우리 소, 할 일이 많다.
논에도 써레질하러 가기 싫다 하는 우리 암소
질퍽질퍽한 푹푹 발이 빠지는 논은 싫어하는 것 같다.
그래도 끌려 나가 눈물을 뚝뚝 흘리며 써레를 끈다.
한낮에 뜨거운 태양을 피해
아침저녁으로 농사일을 한다.
이눔의 소야 옥수수를 심어야
너도 먹을 양식이 생기니라.
살살 달래기도 하고 윽박지르니
송아지도 졸졸 따라붙는다. 음매~애
할아버지의 이마에는 땀이 줄줄 흘러내린다.
농사는 땀의 결실이니라 하시는 할아버지!
옥수수가 익어갈 무렵 더위는 무르익고,
한여름 밤 호롱 불앞에 옹기종기 앉아
쑥을 태우는 모깃불에 눈이 매워 눈물이 난다.
호 불며 한입 베어 물은 옥수수 냠냠 맛있다.
그 시절 가난하게 살았지만 산골의 단란한 가족
가마솥엔 옥수수와 감자가 익어가는 밤

새록새록 좋은 기억으로 다가온다.
산골의 주식 옥수수, 참 질리도록 많이도 먹었다.
그래도 지금도 좋다.
추억을 되새겨 먹을 수 있으니
옥수수밥, 강냉이죽 감자와 더불어 세끼 식사였다.
오지 산간 마을 읍내와 거리가 멀어서 걸어가기에는
너무도 힘든 20리 길,
그래도 엄마 따라 장에 가고 싶었다.
짜장면이 먹고 싶어서였을까?
처음 먹어본 그 맛
지금은 그 어디에도 유명한 맛집에도
그 맛을 찾을 수 없다.
한해 농사가 가족의 행복
그게 전부였던 부모님의 삶
어려서 본 그 세상이 전부인 줄 알았다.
도회지의 문명 전기가 없으니 밤이 되면
등잔불이 밝혀주는 세상이 제일 환한 줄 알았다.
문명을 모르는 산골 소년이었다.
흉년이라도 들면 옥수수는 귀한 식량이다.
지금은 간식거리 웰빙이라는
건강식품으로 먹고 있다.
어려서부터 웰빙 식단으로 매일 먹고 살아온 탓일까
잔병치레 없이 지금껏 건강하게 사는 삶
부모님께 감사드립니다.

옥수수 대도 가려서 말렸다가
볏짚과 함께 가마솥에 여물을 쑨다.
우리 소의 겨울 식단 옥수숫대
한 여름의 결실이 풍성하게 느껴집니다.
장작불이 활활 타는 굴뚝엔 연기가 모락모락 오르고
구들장 온기가 아랫목에 따스하게 달아오르는
훈훈한 정이 그리운 산골의 추억
지금도 부모님은 그 시절을 살아가신다.
가끔은 그리운 고향 그 시절로 돌아가는 꿈을 꾼다.
한여름 밤의 꿈을 꾸며
태초에 태어난 자연을 찾아 산으로 간다.

그리워하기에

너 떠난 그리움으로
밤새워 내 심장은 미칠 듯이 아프고

비가 오면 생각나는
그리운 그 사랑

말할 걸 그랬어
사랑한다고

애수(哀愁)의 소야곡(小夜曲)을 부르는
때늦은 후회

말할 걸 그랬어.

사랑은 9

사랑아
가슴속에 널 품으니

내 맘속에
별이 떠오르고

허전한
마음 채우려니

그 별을
상상(想像)한다.

물속은 깊고 푸른데

만남이 있으면
헤어짐이 있고

헤어짐이 있으면
만남도 있기에

늘 그렇듯 만남은
필요에 의해 이루어지고

인연은
필요에 의한 늪인가

서로 다른 모습에
환경이 다르다 경시하니

서로의 간격을
유지하며 점점 멀어져 간다

역경에 처하게 몰아놓고
시험에 들게 하니

아~ 외로운 인생아
왜 그리 사느냐!

늘 고마운 친구들은
오랜만에 만나도

항상 그 자리에서
반겨주는데.

비가 오는 내 마음은

잔잔한 내 마음에
바람이 불어온다

어디서 오는지는
모르겠지만

검은 구름이
내 주변을 자꾸만 감싼다

왜?
무엇을…
어떻게
하여야 할까…

비가 오면 비를 맞고
바람 불면 바람에 맡길까?

내 마음에
무거운 비가 내린다

모두 다 잊고 싶다

내 시가
비록 싸구려 글일지라도…

시인은 늘 고독을 안고
창작에 고통을 느끼며 산다

내일은
구름 한 점 없는
맑게 갠 하늘이 보고 싶다.

사랑은 7

정겨운
그리움에 빠져들어

사랑은
두 눈 가득 반짝반짝 빛나고

멈출 듯
뛰는 가슴

그대는 파도

하얗게
밀려드는 그리움

어쩌면 그것은 사랑.

제3부
그 남자가 사는 이야기

The story of the man

사랑은 6

사랑은
널 만난 순간의 환희(幻戲)였던가

사랑은 그렇게

흐르는
물처럼 유유히 떠나가네.

사랑은 5

사랑은
보고 싶은 그리움에 대한 마음

사랑이란
감정의 물결

가슴의
일렁임에 심장이 파도친다.

사랑은 4

돌아서면
또다시 보고 싶은

늘 함께할 수 없기에

사랑은
그리움 속에 애타는 마음

날마다
그대 품에 안기는

행복한 꿈을 꾼다.

그립다

누군가 생각날 때
그립다 말하니 보고 싶다

세월이 흘러도 생각나는
그 사람

늘 그리운.

사랑은 2

사랑은
비가 오면 더 그리워져

빗속에
비춰지는 니 얼굴

스치듯 지나며
환영(幻影) 속에 사라지네

언제나
한결같은 미소로

나를 반겨 주었지.

사랑은

사랑은
마음속에 품으니

밤하늘
별이 되어 가슴에 내려앉고

허전한
마음 채우려 하니

그 별을 따다
내 마음속에 담는다.

차 한 잔의 여유로

은은한 향기가 꽃잎 띄운
한 잔의 찻잔에 묻어나고

정감 있는 말속에
따스한 사랑의 움트는

차 한 잔의 설레임으로

오후의 여유로움이 묻어나는
당신의 아름다운 모습에

사랑 노래 꽃잎에 띄워
당신에게 보냅니다.

장마 비는 내리고

칠월의 첫 번째 날
장마는 오락가락

심산의 야생화도
도심의 가로수도

하늘의 울음소리에
눈물만 흘리누나

개울가 넘실넘실
빗물에 떠밀리고

바람아 빗줄기야
농부는 노심초사

밭고랑 물바다 되니
땡초야 잘 있느냐.

살면서

정이 깃든
따끈한 밥 한술
맥주 한잔 위로 삼아
지친 하루의 피로를 풀어본다

장점과 단점이
공존하는

집에 오면 아내가 있다.

들판의 풍요로움도 가뭄 속에 애타네

가난한 농부의 애끓는 목마름
한해 농사의 결실이 무너진다
하늘은 무심도 하시다
땡볕에 타들어 가는 저 곡식은
시름시름 앓고 있다

이제 또 장마와 태풍의 길목에 마주하니

가뭄과 폭우와 폭풍에
저 여린 생명이 견디기에
또 한 번의 상처로 남지 않기를
적당한 비와 바람으로
촉촉한 대지를 적시어 주길 바라며
들판의 풍요로움에 감사하는 마음으로.

삶에 현장에서

살면서 우여곡절
끝없는 도전이죠

보람찬 하루 일과
오늘도 무사히 마쳐요

인생이
녹아든 거친 삶의 내 모습

누구나 같을까요
아니면 다를까요

방식은 다르지만
사는 건 같잖아요

힘내요 우리 모두가 행복하길 바랄게요.

선택의 기로에서

무더운 여름
고목나무 그늘 아래

서로 경쟁하며 노래를 부른다
맴매엠 메맴

수컷 매미의 합창이 한차례 끝나면
고운 노랫소리에 이끌려

암컷 매미들이 연애를 한다
숲은 아름답고 고요하다

짝 못 찾은 매미는
하루 종일 슬프다
목이 아프다

아무리 노래해도
아무리 불러봐도
아무리 찾아봐도
아무리 생각해도

나를 돌아보는 이 아무도 없다

나는 외톨이다
시원하게 그냥 그늘에 앉아 노래만 부르자

세월 따라 바람 따라
세월 따라 구름 따라.

인생은 분식(粉飾)이다

미련만 남겨놓고
떠나는 인생길

누구나 늙어지면
모두 다 같은 것을

꾸밈없이 비우고 사니
마음이 평온하네

떡볶이 한 그릇에
마음은 부자이지

젊은 날 가난했던
그 시절 행복했네

초라한
잡초 같은 생
옛날이여 그립구나.

좋은 생각

이 세상 살다 보면
수많은 사람과 만남의 인연이 있고

이런저런 일들이 많이 생겨나
인간관계 유지가 어렵다

좋은 생각을 하면 세상이 아름답게 보이고

나를 변화 시키면
내 마음이 평화롭게 다가온다

생각의 차이와 세대 간 차이를 극복하면
모든 이의 친구가 된다

좋은 생각으로
내일의 밝은 빛을 발산하자.

싸리꽃 필 무렵

더위가 무르익는
싸리꽃 필 무렵

7월과 8월 사이
물놀이
계절이 돌아온다

뜨거운 태양 아래
바다로
산으로 계곡으로

떠나자
온통 열기로 가득한
아스팔트와 콘크리트 무덤

도시의 열기를 피해
떠나는
차량 행렬

시원한
소나기를
간절히 바라본다

잠 못 드는 밤에
오늘도
밤낮으로 더위에 지친다

내일은 또
모레는
어찌어찌 버틸까

시원한 바람의 계절을 기다리며.

새벽녘의 총성

임진강 장엄한 물줄기에
자유의 꿈을 담고 떠나는 나룻배야
하늘엔 흰 두루미 고요히 내려앉고

적막한 강가에는
먹구름이 몰려온다
폭풍의 물줄기 세차게 퍼붓는다

맑은 강 붉은 핏물 되어
강물에 하염없이 솟구친다
지나온 피의 눈물 흙 속에 한이로구나

겨레의 피
총칼의 비명 소리
늙은 노병의 잊혀지지 않는 기억의 상처들
철책선 숲 사이로
강물은 유유히 흘러갑니다

유월의 포화 속에서 지켜낸
희망의 꿈이여 자유를 품을 수 있는
아름다운 강산

푸른빛으로 빛나는 염원
고개 숙여 숭고한 희생이여 넋을 기립니다.

그 길을 따라서

언제쯤
오시려나
활짝 핀 웃는 모습

설레는 이 마음은 손꼽아 세어보고

어여쁜 향기 그윽한
그 길을 걷고 싶네

매화는 아름다운
노래를 부르면서

복사꽃 따라 쟁이 향기를 가득 품고

벗꽃은
나들이 가라
나를 잡고 이끄네.

글쟁이의 꿈

내 자신 못다한 꿈
마음 풀어 자연에 묻어 놓고

행복을 꿈꾸는 글
오늘도 짓고 있네

가난한
글쟁이 행복하다면
이미 마음은 부자인걸.

곶감

봉당 위 처마 밑에 하얀 분 치장하고
깊어진 겨울날에 맛스레 익어가네
그 옛날 할아버님의 달달한 정이 그립다,

아랫목 이불 덮고 옛이야기 하실 적엔
귀 쫑긋 입엔 곶감 재미난 이야기꽃
세월은 흘러 흘러서 사십 년 세월 그립구나.

삶의 의미

이래도 한세상을 누구나 살다가네
저래도 한평생을 사는 건 같다마는
내게도 삶이란 운명 의미 있게 채우자.

추억을 담으며

겨울의 끝자락에
따끈한 군고구마

호 불어 한입 물고
옛 생각 빠져 드네

추억을
담고 있는 너

그리고
나의 이야기들.

내 마음 풀어 놓을 곳에

길 떠나 나를 만나네

살다가 힘겨울 때
무작정 떠나는 길

답이 없는 삶의 고뇌
나 자신과 싸우며

길 떠나
나를 만나면
행복한 '시'를 짓는다.

도시의 그림자

탐욕의 회색 도시
별들도 잠들었나

달빛에 비친 그림자는
숨바꼭질 시름에 잠겨있고

임 찾아 방황하는
내 모습은

언제쯤
활짝 웃을 너
만날 수 있으려나.

돌처럼 살자

자갈 밭 내 인생은 쉬 걷기 힘들어도
이제는 단련되어 뛰어도 괜찮아요
그 누가 뭐라 해도 난 내 식대로 살지요.

그 남자가 사는 이야기

새싹이 돋는 따스한 햇살 아래
한 해를 시작하는 봄 봄봄 봄이 왔네요.
그 남자가 사는 인생 이야기
머위가 꽃대를 올리는 춘삼월
쌉싸르한 입맛에 반해 산을 찾는다.
봄의 입맛을 돋아 주지요.
요맘때 복사꽃이 활짝 피면 향기에 취하고,
겨우내 가시만 품고 있던 두릅이 싹대를 올린다.
향긋한 맛과 향미는 봄을 품으며 자연으로 안내한다.
또 한주의 시간이 흘러
엄나무순, 다래순, 봄을 먹고 사는 자연 속의 나
어느새 장미꽃의 계절로 접어든다.
때아닌 초여름 날씨
아~ 올해는 얼마나 더울까?
시원한 산바람이 불어오는 계곡과 함께
산삼을 찾으러 깊은 산중을 헤매 돈다.
한 뿌리만 주신다면
흥겨운 심마니의 노래를 중얼거리며…
드디어 한 여름 땡볕 숨이 막혀 오네요.

시원한 곳을 찾아 떠나는 여름휴가
산도 더워서 좀 쉬어가렵니다.
들판의 곡식은 햇살 아래 영글어갑니다.
가을이 오면 온통 산과 들은 풍성해지고
향 버섯이 유혹하듯 내 몸을 이끌고 산으로
안내를 합니다.
능이, 송이, 유명한 너희들 보다
알아주지도 않는 서리 버섯을 난 참 좋아합니다.
향미 식감에 반해서
겨울을 보내기 위해 가을의 풍성함에
낙엽이 떨어지는 가을날
쓸쓸한 고독이 몰려올 때면 산과 나는 친구가 됩니다.
옷을 벗는 나뭇가지는
낙엽을 이불 삼아 겨울 한파에 버티고,
또다시 기다려지는 따스한 봄날을 꿈꾸며
해가 가고 날이 가도 변함이 없는 너
대 자연의 아름다운 모습
난 점점 숲으로 빠져만 든다.
행복한 자연의 아름다움에 취해서…

아침이 오면

새벽녘
알람 소리
5분만 10분만 더

포근한 이불 속이
너무나 좋습니다

더 자고
싶은 마음은
누구나 같을까요?

늦었지만 괜찮아요

때로는 늦었다고 생각할 때
때로는 시작이 절반이라고
바로 이 순간 시작하려는 결심이 중요하지요

배움의 끝은 생이 다하는 날
나이가 들수록 알고 싶은 게 많아지고
난 점점 바보가 되어가는 기분입니다

남들보다 한발 늦게 걷고 있지만
늦었다고 괜찮아 천천히 한발 한발 걷다 보면
언젠가 꼭 이루리라고

못다한 꿈을 꾸는 젊은 날의 희망사항
오늘도 글을 지으며 꿈을 향해서
비록 꿈꾸던 길은 다르지만 이것이 숙명이라 여겨요

행복 찾아 빙글빙글 돌고 돌아
행복한 내 모습 산과 함께 찾으니
잡초 같은 내 인생길에 만난 詩는

행복한 자연의 시인 모습으로
오늘도 산과 들과 함께하며
글을 짓고 나물 캐고 약초 캐는 심마니

산을 타고
바람 타고
구름 타고 인생을 그렇게 살아가지요

산에서 캐는 詩
늘 행복합니다.

제4부
봄바람 불어오면

in the spring breeze

심산유곡에서

맑은 물 맑은 공기
신록이 창취하고

심신은 편안하니
근심 걱정 사라지네

자연의 순리에 따라
살아가면 이 또한 행복이지.

6월의 포화(砲火) 속에

아카시아 향기를 떠나보낸
봄의 아쉬움 때문인가

한낮의 바람이 제법 쌀쌀하다

여름의 시작을 알리는 밤나무 꽃
향긋한 향기가 바람을 타고

온 산야에 향수를 뿌려 놓는다

유월의 상처를 보듬듯
코끝에 진한 향기로 내게 다가온다

지난날 포화속에 산야는 잿빛이 되어

붉게 물든 전선의 뼈아픈 상처도
산화한 전우의 이름도

백발의 노병 기억 저편에

잊혀 지지 않는
상처를 치유하듯

해 뜨는 고지에서 바라본 저 산은

말도 않은 채
푸르름만을 가득 품고 있구나.

임이여

아름다운 자연과 나의 삶
깊은 골 안개 자욱한 낭떠러지

깊은 수렁 속을
나는 헤매 인다

세상은 넓고
할 일은 많은데

그러나 그 누구도
꿈을 다 이루지 못한다

생 다하는 날까지
난 이곳에 잠시 머무를 뿐이다

인생을 살다 보면
누구나 고난의 아픔에 시련은 오고 만다

안개 자욱한 낭떠러지
난 이곳을 좋아한다

벼랑 끝 발만
헛디뎌도 천 길 머나먼 길

그 위험천만한 곳
깊은 산골 기암절벽

신선이 된 듯 착각 속에
혼자 만에 시간을 보낸다

고란초 한 잎 띄워
청량한 물 한 모금

고독과 외로움을 달래려
머나먼 첩첩산중 나를 찾아 떠도는

산 사람의 마음을
저 늙은 고목은 알고 있을까

산새의 지저귐
폭포의 물소리에 한숨 쉬어가는

나그네 인생 그것이 행복인가 봅니다.

친구야

어제 보고
오늘 봐도

늘 반가운 얼굴들

아직도
못다 한 이야기는

밤을 지새우며

나이가 들수록 더
보고 싶은

우리는
친구라 하네.

아내에게

사랑은
비가 오면
씌워줄 우산이다

즐겁게 이 한 세상 웃으며 살아야지

힘들고
어려울 때엔
난 당신의 우산이요.

살다 보면

저 푸른 바다가 날 부른다
창공을 가르며 파도를 타는

아름다운 자연의 이야기
바다는 또 다른 만인에 쉼터

연인끼리
가족과 함께

때론 친구들과
떠나는 여행을

비록 외롭고 쓸쓸할 때에도
혼자만의 생각을 품어주는 바다

살다 보면
험난한 파도도 몰려오고

살다 보면
아름답고 행복한 일도 있고

살다 보면
고독과 외로움도 타겠지만

살다 보면
그래도 살아 있음의 행복은

살다 보면
살아 봐야 사는 맛 재미가 아닐까요?

그것은 인생
뜬구름 잡다 가버린 세월

세월의 보초를 서 보았지만
시간은 잡지 못하는 구름 같은 나그네

저 푸른 바다는
오늘도 출렁 출렁 즐겁게 춤을 춥니다

인생의 쉼터
드넓은 바다를 품고서.

행복이란?

하늘을 볼 수 있고 땅을 밟음에
살아 숨 쉬는 것조차 감사하고
건강한 삶을 위한 나의 행복은

코뚜레에 꿰인 듯 이리저리
끌려다니는 사람들
빨리빨리 누군가 조정을 하듯

지하철 안은 온통
고개 숙인 사람들뿐
네모난 화면 속으로 빨려 들어간다

가끔은 하늘을 보자
저 멀리 날으는 산새처럼

행복은 어디에서 찾을까
꽃길만 걸어갈 수 없듯
가시 밭 길도 걸어본다

난 오늘도
그 여정을 위해 봇짐을 꾸린다

산으로 산으로.

여기가 좋아

메밀꽃 피어나는 저 산언덕 마루에
언제나 보고파지는 내 님의 소식 안고
떠나온 고향 생각 내 사랑 못 잊어서
오늘도 너의 생각 그리운 사랑이여

민들레 피고 지는 들판에 향수 가득
그 사랑 보고프면 떠오른 고향 생각
언젠가 만나리라 그리운 내 사랑을
또다시 보고프면 그곳으로 나는 간다

진달래 활짝 웃는 내 고향 언덕 마루
언제나 보고파지는 내 님의 모습은
떠나온 두메 산촌 내 사랑 못 잊어서
오늘도 보고 싶은 그리운 사람이여

진달래 피고 지는 산촌에 향수 가득
그 사랑 보고프면 마음은 달려간다
언젠가 만나리라 그리운 내 사랑아
또다시 보고파서 나는 나는 고향에 간다

여기가 좋아 그리운 고향 땅에
여기가 좋아 내 사랑 보고프면
여기가 좋아 그리운 고향 산천
여기가 좋아 내 사랑 보고파라.

비가 오면 비를 맞는다

난 비가 오면 그냥 비를 맞는다
삶에 고단함도, 삶에 찌든 때도

검은 마음
흰 백지장에
까맣게 물들었네
내 마음 들킬세라 소낙비야 퍼부어라

난 흠뻑 젖는다
모두 씻겨나가 홀가분한 마음으로
빗물에 모두 풀어 놓았다

순수한 마음으로
순수한 소년으로
순수한 자연의 모습을 눈과 귀로 그려낸다.

은방울꽃 향기에

행복을 싣고
바람이 불어오는 곳

은은한 향기로
채워진 뜰 안 밖엔

내 마음 동화되어
방울 소리 꽃향기 타고

좋은 날
좋은 분들과
아름다운 추억을 만드네요.

낯설은 외로움

고요한 밤
반짝이는 별 하나

문득 하늘을 바라보니

세상은
나 혼자라는 생각에 외롭다

가족도 좋고
친구도 좋고
동료도 좋지만

낯설고
이 허전한 느낌은 무엇일까

내 마음속

사랑을 가득 품고 있으면
외롭지는 않을 거야.

들꽃을 바라보며

하루해가 저물고 어둠이 밀려오면
지친 내 삶의 육신
살며시 심산유곡에 묻어둔다

바람이 불면 꽃비가 날리고
때가 되면 피고 또 지고
세상은 돌고 도니

어느새 봄바람 간데없고
뜨거운 햇살만이 온몸을 태우는구나

생의 언덕을 힘겹게 넘다 보면
지치고 쓰러질 때 힘을 얻는 곳에
육신과 마음을 모두 풀어 놓는다

들꽃과 산새 소리 자연의 향기에
내 마음 동화되어 무아지경에 빠져든다

행복은 늘 가까이 있기에.

진달래 한 송이

잎새도 없는 너
가련하게 피어나

고향의 봄 길목에
아련한 기억만이

떠나온
그리운 향수
마음속이 애달다.

사월과 오월

꽃 피고
꽃이 지니
봄 지나 여름인가

오월의
아름다운
장미는 꽃의 여왕

초록의
산과 들은
형형색색 꽃피우니

산새들
노니는 계곡
여름이여 오는구나.

빛나는 햇살 사이로

사월의
봄 향기여
은은한 자연의 생

빛나는 햇살 사이로
신록이 창취하니

산야의
생기 가득한
봄기운이 좋구나.

봄 처녀 오실 적에

앞동산 언저리엔
진달래 피어나니

계곡의 물길 따라
능수버들 인사하고

봉긋한 연둣빛 잎새는
수줍은 새색시네

꽃 피고 새가 울면
누군가 찾아올까

온 산을 꽃단장하고
봄처녀 오실 적에

산나물
향기 가득한 봄을 담는
신비로운 자연의 향수여.

감자에 싹이 나니

돌아온 계절 따라 꿈에서 눈을 뜨니
춘설을 녹여주는 봄비의 속삭임에
들판을 스케치하는 농부의 쟁기 소리

감자에 싹이 나니 벚꽃도 만발하고
들뜬 맘 설레임에 마음은 꽃동산에
밭고랑 흙 내음이여 고향의 향수 담아보네.

산동백

촉촉이 젖어드는
빗님이 오실 적에

잠자던 산천초목
눈뜨고 일어나니

꽃향기 가득 담아
산야를 물들이고

산 동백 피어나는 숲
초봄이 왔음을 알린다.

춘설

돌아온 춘분, 농부
마음은 바빠지고

들풀도 봉긋 솟아
봄이라 노래하니

겨울이 심술이라
꽃샘바람 데려왔네

겨우내 쌓아 놓은
하얀 눈 방출하니

백설의 눈 꽃 송이는
끝없이 내려오네.

봄바람 불어오면

백매는 청초하니 봄바람 불러오고
홍매를 피우는 넌 청아한 봄 향수여
잎새는 언제 피울꼬 서릿발에 움츠리네

봄바람 불어오면 수줍은 꽃망울에
톡 터질 듯 내 가슴엔 언제나 그리움이
앞동산 진달래 향기 코끝에 감도누나.

두루마기 (롱패딩)

똑같은
유니폼을
맞춰 입은 거리마다

요즘의 젊은이들
두루마기 유행이네

복고풍
두루마기는 폼 나는 겨울나기.

밸런타인데이

그대가 전해주는
사랑스런 달콤함이

봄 햇살
가득 안고
네게로 다가오네

당신의
소중한 마음 내 맘속에 담습니다.

속삭이는 자작나무 숲

이 이야기는 저와 같이 시작됩니다.
그해 봄 세상에 빛을 보던 해,
자작나무 이야기도 저와 같이 태어납니다.
"안 씨, 오늘 부역 가야지."
동네 아저씨 목소리다.
새벽부터 홀치기에 도시락 싸서
등에 메고 나가시는 아버지.
나무 심기 새마을 운동으로
산림녹화 작업이 실행되었던 것입니다.
오지의 산골 전기도 신작로도 없던
남전리 동쪽 마을 띄엄띄엄
호롱 불의 희미한 불빛만이
인가가 있음을 알린다.
청정 자연의 그곳 내 마음의 고향
유년 시절 꿈을 담고 자라던 곳
아직도 눈에 선하게 기억이 또렷하다.
냇가에 가재답던 시절,
동구 밖에 나가 장에 가신 어머니 기다리던 날들,
눈깔사탕 하나 받아들면 그게 행복이었다.
그 길을 따라 걸어가면 반장동 외갓집이 있다.
바로 박달고치 고개 사이
원대리 자작나무 숲 이야기가 시작된다.

숨을 할딱대며 넘어 원대리 국민학교서
친구들과 놀다 온 일곱살의 내 모습
어두컴컴한 밤 후레쉬 하나로 십 리를 걸어
집에 가던 당찬 꼬마, 그 시절 그 모습이
그리울 때면 자작나무 숲에 기대어 선다.
세월이 지난 만큼 예쁘게 잘 자랐구나.
나와 같은 세월 넌 키가 많이 컸구나.
난 땅꼬마에서 쬐금 더 컸지.
시간 참 빠르네.
어느새 훌쩍 강산이 네 번 변한다는
40년이란 세월이 흐르다니….
산촌 오지의 멋진 풍경을
만들어 주신 분들의 노고에
지금은 관광객의 발길이 끊이질 않는다.
미래를 위해 심은 속삭이는 자작나무 숲
박달고치 고갯마루 구수한 맛
남전리 햇살마을 향토식당
난 항상 그곳으로 마음이 향한다.
오솔길 굽이굽이 산 정상 향해 뻗은 새하얀 속살
햇살이 비치는 자작나무 숲 사이로
어린 유년 시절의 모습이 그려진다.
어렴풋 떠오른 날에 박달고치 고개를 넘으며….

봄과 나

그대는 봄 나는 향기
나는 향기를 찾아 봄을 마신다

찔레꽃 피는 계절이 오면
난 향기를 찾아 떠나는
그 이름 심마니

겨울 산의
고요한 행복을 떠나보내자

곧 오리라 산천의 푸르름을 품에 안고

산새들
속삭이는 새싹을 기다리며

어서 오너라
봄봄 봄

행복의 산
이 순간이 오면
난 너를 삼키러 산으로 간다

향기로운 초록 초록을 마시러.

봄이 오는 소리에

한낮에 꿈틀대는
봄 소리 들리더니

개울가 수양버들
강아지 꼬리치고

물오른 고로쇠 수액
봄소식 전해오네

개울가 얼음 녹아
졸졸졸 흘러가니

봄 내음 풍겨오는
계곡의 향기 따라

눈을 뜬
나뭇가지는
생기가 가득 돈다.

까치까치 설날은

설레는 아침이네
산 까치 반겨주니

설날이 내일인가
고향 길 안내하네

주름진 노모의 손길 바쁘기만 하구나

차례상 차려놓고
조상님 세배하고

웃어른 덕담 가득
행복을 빌어주니

즐거운 민족의 명절 새해 복 많이 받으세요.

입춘의 길목에서

기나긴 겨울 추위
잠에서 깨어나니

화류동풍 불어들어 대지는 꿈을 꾸네

돌아온
입춘의 길목
버들강아지도 춤을 춘다.

생의 길 따라서

바랑을
짊어지고 세상을 돌고 돈다

산을 넘고 강을 건너
바다에 다다르니

삶이란 운명은
드높은 산과 드넓은 바다 같구나

인생의 벗은
생의 길 따라서 만나는 인연들

그 길에 있는 넌
나의 소중한 벗.

눈 내리는 내 마음

낙엽이 떨어져
바람에 몸을 맡긴다

이리저리 흩날리다
초겨울 눈보라에 갇혀 나 혼자가 된다

아~ 가고 싶고
보고 싶은 그리운 그곳에

눈 녹는 춘삼월
언제나 오시려나

애달은 이 내 맘을
가슴속에 그린다.

봄 여름 그리고 가을 겨울

잠에서 깨니
만물의 소생 봄이로구나

봄을 기다리는 새싹도
꽃을 피울 봄꽃도

자연의 신비로운 이야기를 담고
생명은 피어난다.

여름의 시작은
또다시 달궈진다

한 여름의 변화가
피로를 몰고 온다

시원한 곳을 찾아
계곡 바다 숲으로 향한다
어느덧 결실의 홀씨 되어
찾아든 가을
풍요의 감사함과
아름다운 자연에 감탄하니 벌써 가을이란다

쓸쓸한 갈바람에 낙엽 되어 날리니
첫눈이 오네
대지 위는 적막함에 잠이 든다

고요한 정적만 흐르고
발길이 끊긴 거리엔
함박눈이 겨울바람에 휘날린다

추위에 움츠려
모두 고드름이 되어 버렸다

또 봄을 기다리겠지

눈 감았다 떴는데 벌써 봄의 문턱
시간은 정말 유유히 흘러가네

계절은 돌고 돌아
여기까지 왔구나

봄소식이
손꼽아 기다려지는

어느 겨울날에.

내 마음 풀어 놓을 곳에

초판 발행일 / 2020년 1월 20일
지   은   이 / 안효근
발 행 처 / 뱅크북
출 판 등 록 / 제2017-000055호
주   소 / 서울시 금천구 가산동 시흥대로 123 다길
전   화 / 02-866-9410
팩   스 / 02-855-9411
전 자 우 편 / san2315@naver.com

ISBN 979-11-90046-06-0 (03810)